밤 버스에
달이 타 있어

밤 버스에 달이 타 있어

성명진 동시집 • 핸짱 그림

창비

차례

제1부 자주 웃어요 우리는

제2부 **호박 덩이를 옮기는 법**

제3부 함께 노래 부르면서

제4부 저녁에 언덕을 넘어오는 것들

제1부
자주 웃어요 우리는

나의 구름 버스

추운 날

조그만 나 혼자
정류장에 서 있어서 그랬는지
버스가 그냥 가 버렸어요

그래서 기다렸어요

푹신한 의자와 솜사탕,
친구들이 있는
나의 구름 버스를

봄꽃 사진사

자, 찍습니다

안 웃어도 됩니다

다른 데 봐도 아무 문제 없어요

여러분은 얼굴 찡그려도 예쁜

봄꽃들이니까요

휴식

오래 달려 온
자전거가 멈춰 섰다

앞바퀴는
고개를 돌리고 쉰다

가야 할 앞길을
슬쩍 외면하고는

묵묵히 잘 따라온
뒷바퀴를 바라봐 준다

파꽃

창밖에 파를 심으셨네요
곧 파꽃이 피겠어요

그때 되면
집 안으로 품고 간 꽃들은
창가에 두지 않는 게 좋겠어요

파꽃이 보면 힘이 빠질 수 있으니까요

담장 위

고양이가 자주 올라가는 곳에
덩굴장미도 올라가 본다

살 만하네
난 이런 데가 좋더라

위험한 데서
내 꽃은 더 예뻐진다네

물병

넘어져 울고 났더니
바닥을 구르며
실컷 울고 났더니
가진 것 절반도 안 남았더라

근데
속이 참 후련하더라

자리

앵두나무 가지에

아주 작은 자리

여린 꽃이 앉는 자리가 있어

꽃이 떠나고 나면

그 자리에 귀여운 앵두가 앉지

둘이 번갈아 앉는 그 자리

영원히 예약돼 있어서

누구도 넘볼 수 없고말고

풍선을 불자

기쁜 일들을 후, 후
불어 넣는다

지금은 아무것 아니지만
나중에 기쁨이 될 일들도 후, 후

심심한 일도 괜찮다
조금이라면 슬픈 일도 괜찮지 않을까?

펑!

모이면 힘이 되어
놀라움을 준다

밤

까만 비닐봉지

어딘가로
둥둥 떠가 버릴 것 같은데

바람만 불 뿐
그대로다

초롱초롱
불을 켠 집들이

비닐봉지를
꽉 누르고 있다

아저씨가 밭을 갈 때

깨끗하고 푹신한

새 이불 깔아 놓네

밭가의 어린 풀들 신났네

벌써 하나둘씩 뛰어 들어가네

도마뱀 기차

친구들이랑
생일에 받은 선물들은
앞 칸으로 옮겨 놓고

쓰레기랑
무거운 책가방은
꼬리 칸으로 보냈다

자, 출발
더 깊은 숲속으로 가자

사나운 것이 덮친다면
꼬리 칸을 떼어 줘야지

재밌는 녀석이야

엄마는 올챙이를 낳았을 뿐이라는 거야

자기는 스스로 자랐다는 거지

뜀뛰기를 익혀 땅 위에서도 잘 살게 되었고

노래를 배워 썩 멋진 개구리가 되었다고 우기지

그러면서 참 행복하게 웃는데

은근히 부럽더라

잎사귀들

자주 웃어요 우리는
조그만 일에도
팔랑거리면서요

즐거우니까요

꽃요?

에이,
또 비교하려고 그러시네

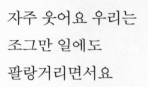

꽃은 꽃이고
우리는 우리랍니다

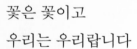

콜라 좋아

누가 장난을 걸면
콜라병은 살아나

누가 넘어뜨리면
오히려 신이 나

뽀글뽀글 뽀그르르
재밌어서 배를 잡고 구르게 돼

데굴데굴 구르며
웃음을 한껏 키우면
뚜껑을 밀어낼 힘이 솟아나

우리 스타일이지
콜라 좋아

수박 속

우리가 새라는 걸 들키면 안 돼
다시는 아름답게 노을 진 강가를
거닐 수 없을 거야

칼이 둥그런 세상을 가르는 순간
새들은 재빨리 까만 씨로 변해
빨간 살에 박혔다

막대기

어떤 사람이 오늘
나뭇가지를 잘라
막대기로 만들어 세워 놨다

그런데
속에 아직 살아 있는
피지 못한 꽃

날 저물기 전
막대기 끝에
몰래 나비가 앉았다

둘이 나누는 이야기가
길다

제 2 부
호박 덩이를 옮기는 법

알

나는
갓 생겨나 알 속에
웅크리고 있습니다

좀 더 자라면
스스로 나가려고
껍질을 얇게 지었습니다

밖에서 아무나
함부로 깨뜨리라고
그런 게 아닙니다

자기의 길

추운 계절이 되니
덩굴장미도 담장 위에 잠자리를 마련했다
나아가야 할 앞을 바라보고는
정원사에게 메모를 남겼다

"잠든 사이에 나를 다른 길로 옮겨 놓지 마시오."

산 메아리

총알은 자기도 모르게 한 짐승을 맞혀 버렸어요

뜻하지 않게 일을 저질렀으니
총알은 짐승이 죽을지도 몰라 미안한 거예요

살 속에서 짐승과 함께 도망을 쳐요

근데 살이 따뜻해서 더 미안해져요

그래서 이렇게라도 해 보는 걸까요

무시무시한 제 소리를 산봉우리에 부딪쳐
멀리멀리 흩트리는 거 말이에요

그 눈망울

문득 마주친 노루
큰 눈망울에 나를 담았다

나는 눈망울 속에서
개울을 건너고
숲길을 걸었다

얼마 후 걸음을 멈춘 노루가
꽃을 눈에 담아
내가 그걸 기쁘게 받아 안을 때

탕!

별안간 날아든 총알에 맞아
쓰러진 노루
바들바들 떨면서

눈을 감았다

무서운 밖을 보지 말라고

자유

얼음덩이를 빠져나온
물방울들
모여 소곤거린다

우리 일단
흐르자

흐르지 않고는
못 살겠다

소금쟁이

물 위를 사뿐사뿐 걷는다
빠르게 달리기도 한다
신났다

다른 건 모르겠고
딱 한 가지는
금방 알겠다

책가방을 메고 있지 않네

또 다른 우리

엄마하고 해피네 엄마가 만났다

"우리 애는 얼마나 귀여운지 몰라."
엄마가 나를 칭찬하고
해피 엄마가 해피를 칭찬하자
우리 강아지들은 서로 바라보며 살짝 웃었다

문득
"우리 애는 공부를 안 해 미워 죽겠어."
엄마가 화난 듯 투덜대고 해피 엄마는
"우리 애는 논술이 약해."
한숨을 쉴 때

처음에는
우리 얘기를 하는 줄 알고 얼마나 놀랐는지

엄마들이 지금 학원에 있는
또 다른 우리에게 욕심을 꽤 부린다

얼음덩이

차갑고 단단하게 굴더니

그새 부드럽게 풀려
저쪽으로 흘러간다

야, 이지호
너 이제 보니
물이었구나

사실 나도 그래
같이 가자

한 번만이라도

어린 톰슨가젤을 향해
달려드는 사자

두 앞발 쫙 편다
만세다

잠깐,
근데 이거라면 좋겠다

항복!

졌다

놀란
조각돌 하나

밑에서 콩 싹이 밀고 올라오자
기우뚱거리다가
어쩌지 못하고 그대로

끄덕
고개를 주억거린다

인정!

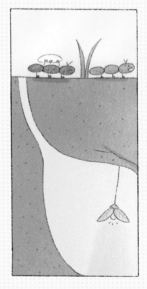
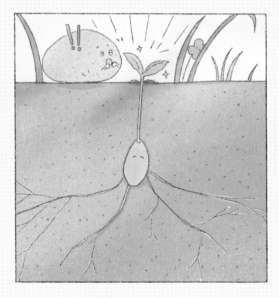

쉬워요

누렇게 늙도록
일을 했군요 호박덩이 님

근데 그렇게 크고 둥그런 몸으로
높은 언덕배기에서
어떻게 내려오나요?

아, 그거
어렵지 않다오

저 농부 님이 내려 주시지요
품에 꼭 안아서요

농부

호박 싹이 돋았어요

이 작은 녀석,
실은 힘이 장사랍니다
가을까지 큰 호박덩이 여러 개를
높은 언덕 위에 너끈히 올려놓지요

저는 이 일을
조금 거들어 주는 사람이고요

가느다란 발

비 그친 뒤

새끼 고라니가
마을 쪽으로 오고 있다

세상 구경이라도 하려는지
진 땅을 조심조심 딛으며

아직 한 번도
도망쳐 본 일 없는
깨끗한 발

쉿
총을 거두세요

저 아이

진창에 쓰러뜨리지 마세요

개 둘

마을을 나와
들로 난 길을 걷네

누렁소 있네
살금살금 지나가네

아주머니 오네
비켜 가네

굽이진 곳 풀숲에 멈춰
바람이 살랑거리는 대로
살며시 서로 몸을 대는데

버럭 욕하는 소리
다짜고짜 막대기를 휘두르는 사람

"도망갈까?"
"아냐."

"짖을까?"
"그래 짖자."

제3부

함께 노래 부르면서

겨울 떠나보내기

빈 기차가 올 거예요

우리 마을에도 떠나야 할 것들이 아주 많아요
탈 자리가 부족해 낙엽들은
기차 뒤를 따라 굴러서 가야 할 수도 있죠

다른 차 아닌 기차가 와야 해요
갑자기 방향을 틀어 되돌아올 수 없는 거니까요
아무나 함부로 세울 수도 없는 거니까요
새 요일들을 칸칸이 달고
기차는 큰 숨소리를 내면서 올 거예요

이제는 들과 산, 집집마다
지난 계절의 묵은 것들과 작별해야 해요
세상 한 바퀴를 다 돌면 다시 싱싱해질 수도 있
어요

비켜서세요
곧 기차가 들어옵니다

자목련

이번 자줏빛 꽃은 우리가 켜 놓았습니다 아주 밝은 몇 송이를 우리가 골라 손으로 부드럽게 만지고 쓰다듬어 우리 것으로 삼았습니다

꽃들을 촛불로 켜 놓은 겁니다 그 아래에 맛난 음식을 차리고는 힘들게 일하다가 몸을 다친 아빠를 이끌었습니다 오늘은 아빠의 생일입니다

우리는 아빠가 환히 웃도록 노래를 부르고 박수를 치며 놀았습니다 그런 다음 촛불들을 다시 꽃으로 돌려보내 주었습니다

큰언니

마음이 넓은 왕접시는
겹겹이 쌓이는 작은 접시들을
맨밑에서 안아 주었다

몸은 잘 씻었겠지?
그래야 서로 폐를 안 끼치는 거야

그러고는
엄마의 반의반 정도
잔소리를 했다

아버지

갯벌에 비스듬히 누운
어린 고깃배

큰 물결이 들어와
일으켜 세워서는

넓은 세상으로
데리고 나갔어요

어떤 초승달

밤 버스에
달이 타 있어요

고개를 수그린
조각달이에요

버스가 도시를 거의 한 바퀴 돌아
동네에 이르자
달은 고개를 들어요

버스에서 내려
캄캄히 걸어 집으로 가요

집에 들어서면
움푹한 품에 안기는
새끼 별이 둘 있어요

벌써 열 살

엄마 아빠 사이에
동생 철이가
파고들어 누울 때

형 철우는
들어갈까 말까
망설이고 있다

그러다가 가만히
아빠 옆에 앉는다

아빠 팔뚝을 세우고
넘어뜨리는 장난을 한다

눈 폭탄

숲의 나뭇가지들이 우둑우둑 부러졌네

여러 날 먹이를 못 구한 산짐승들이 가늘게 울어 댔네

마을과 마을 사이가 너무 멀어졌네

그러자 심각한 얼굴로 만나 의논하는 하늘과 땅

"계절을 바꿔야 하지 않을까요?"

"되도록 빨리 바꿉시다. 봄으로!"

길

가족이 여럿 생겼어요

할아버지 할머니 계시고
동생들이 생기고
강아지가 둘로 늘었어요

이제는 작은 차 말고
자리가 많은 차를 타고 가야 해요

마차가 좋겠어요
나는 아빠랑 앞자리에 타고 싶어요
번갈아 말고삐를 쥐고 싶어요

발굽 소리 바퀴 소리에 맞춰
함께 노래를 부르면서
즐겁게 가면 좋겠어요

바다

파도가 고깃배를
흔들고 때리면서 따라오지요

집으로 돌아오며
고깃배는 그저 기우뚱거릴 뿐이지요

물고기를 뺏었으니
파도에게 어쩌겠어요

밀물결

물결이 다가와
갯벌을 살포시 만지고 갔다

이윽고 다시 와
타이르듯 가만가만
갯벌을 쓰다듬는 것이었다

물결은 내내 그러더니
먼바다에서
다친 고깃배를 데려와

부드러운 그 위에
눕혀 주었다

연필심 2

엄마가 다정히
연필을 깎아 줍니다

엄마에게
학교에서 있었던 일 얘기하는 사이
연필심이 까맣게 나옵니다

그러다 툭,
부러지고 맙니다

엄마가
"열심히 공부해야 성공……."

이렇게 말하면서
손에 힘을 주었기 때문인 것 같습니다

새로운 왕

젖은 낙엽 밑에 웅크린
새 풀 하나

"추워요."
자기가 봄이면서
오들오들 떤다

"여기 살아도 되나요?"
맘대로 하면 될걸
왜 묻는지

정말 모르나
자기가 얼마 후 이 숲을
다 차지한다는 걸

작은 모닥불

아빠는
노루 발을 내놓았고

엄마는
개구리 손을 내놓았어요

형은
토끼 얼굴을 내놓았고요

돈을 벌 때
공을 찰 때
가족들은 사나워 보여도
사실은 순해요

우리는 모닥불 앞에 둘러앉아
다정하게 얘기를 나누고

노래도 불렀어요

자전거의 의견

자기 힘 안 들이고
기계의 힘으로 가는 것
반대

몸이 힘쓰고
바퀴가 힘 보태는 것
찬성

사람들도 지나가야 하니
두 바퀴를 옆으로 세우는 것
반대

그러니까
두 바퀴를 앞뒤로 세우는 것
찬성

오로지
빠르게만 달리려는 것
반대

쉬엄쉬엄
풍경을 어깨에 걸고 달리는 것
찬성

노을 길

옆집 할아버지가
할머니를 한사코
업으려 하고 있었다

아버지랑 함께
길모퉁이를 도는데
"누가 보면 어쩌려고."
"저기까지만 업혀."
다리를 두드리면서도 마다하는
할머니 앞에
할아버지가 앉아 있었다

어두워지려다
잠시 환해진 저녁 세상

아버지가 나에게 고갯짓했다

우리는 살금살금 물러나
다른 길로 돌아서 갔다

흠! 흠!

슬픔

꽃에 와
다정히 놀던 나비가

몰래 온
장난꾸러기에게 붙들려 갔다

얼마나 놀랐을까 꽃은
얼마나 슬플까

그래서 표정을 지우고
시드는 걸까

제 4 부

저녁에 언덕을
넘어오는 것들

어젯밤에 태어났어

오전에 집 밖에 나갔다가
성큼 다가서는 사람에 놀라
얼른 안으로 되돌아왔다

일하러 나간 할아버지가 돌아온 거였다
할아버지가 목덜미를 쓰다듬자
그제야 안심

알게 됐다 송아지는

아까 예쁘다며 흐뭇해한
할머니 안 무섭고
할아버지도 안 무섭다는 걸

집 밖은 무섭긴 해도
분명 재밌는 일도 많을 거라는 걸

장다리꽃

봄이에요
밭 갈아야지 않아요?

며칠 더 기다리려고
저것들 한창 놀고 있으니

누구요?
안 보이는데요?

샛노랗게 차려입은 애들
밭에 있잖아

녀석도 참

포도나무에게 송아지를 소개했다
"이리저리 날뛰는 것에는 관심 없어."

포도나무에게 붓꽃을 소개했다
"예쁘지만 너무 약해서 안 되겠어."

그럼 어떤 스타일이 좋냐고 물으니
덩굴손을 내보이며 듬직하면 좋겠다고

그래서 우뚝 선 작대기를 소개했더니
"밋밋해서 재미는 없겠어. 하지만,"

살짝 투정하고는
손을 뻗어 안고서 잘 사는 것이었다

아직 꺼지지 않은 불빛

누렁소네 새끼가 태어나고 있어

먼 하늘 새 별이 새끼를 찾아오도록 빛나고 있어

눈 뜰 때 새끼가 무서워하지 않게 어둠을 막고
있어

어미와 새끼가 서로 바라보라고 아직 불빛은 꺼
지지 않고 있어

산골의 밤

추운 날에도
산골 사람들은
하루를 열심히 살았으니
푹 쉬라고
산이
어둠을 두껍게 덮어 줍니다

그 속에
별 몇 개 넣어 줍니다

웬 아저씨가 이사 왔는데

빈집에 이사 온 덩치 큰 아저씨
험상궂게도 생겼네
퍽 퍽, 도끼로 장작 패 대는 소리 무서워
동네 동물들은 납작 엎드렸네

근데 며칠 뒤
그 집 잘못 들어갔다 온 어린 고양이가 떠들기를
안 무서워요
밥 주던걸요

강아지도 봤다고 하네
밥 잘 먹는다며 돼지를 칭찬하고
사고뭉치 오리를 귀엽다고 안아 주는 걸

하나도 안 무섭고
인정 많다는 소문

물을 건너고 언덕을 넘어 퍼졌네

하루는 어린 족제비가
상처를 안고 그 집에 찾아 들어가
아저씨 눈에 잘 띄는 자리에 웅크렸네

겨울 끄트머리

힘없이 앉아 있는데
별난 눈송이 한 녀석이 왔다
"이거 사세요."
숨겨 가져온 걸 꺼냈다
맑고 촉촉했다
"물방울인가요?"
아니라고 했다
이슬방울도 아니라고 했다
"눈물입니다."
"슬픈 건 싫어요. 안 사요."
눈송이는 미소를 띠며
"기쁜 거예요."
아주 행복할 때 나오는 거라고 했다
"귀한 만큼 비쌉니다."
눈물을 샀다
봄에 쓸 일이 생길 테니까

얘들아, 포도알들아

포도 덩굴은 요즘
아이들 모으는 일이 쉽지 않다

모처럼 지나는 애를 붙잡는다
"알맹이가 되어 보지 않을래?"
"관심 없어요. 공부해야 해요."

한참 만에 만나는 다른 아이
"게임하러 가야 해요."

더 멀리 가서 또 다른 아이를 만난다
"여럿이 모인 큰 송이로 만들어 줄게."
"혼자가 더 좋아요."

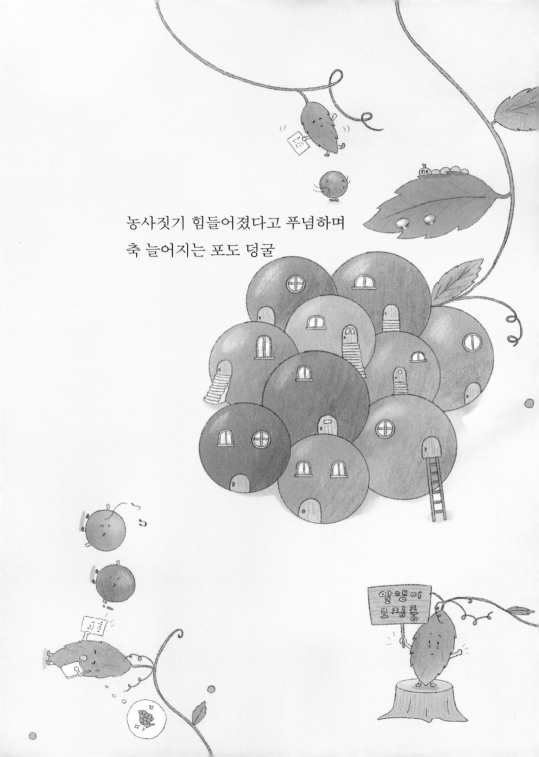

농사짓기 힘들어졌다고 푸념하며
축 늘어지는 포도 덩굴

안 돼요

그 가지
맘대로 부러뜨리지 마세요

아기 꽃이 피어나려고
땅속에서 올라왔다가
울면서 돌아갈 거예요

조각달은 몰래

달이 눈을 아주 조금 떴네요

이쪽은 보는 척만 하고

까맣게 고개 돌려 뒤를 보는 거예요

뒤에 이쁜 별 하나가 지나가고 있나 봐요

좋아하나 봐요

담장 위의 꽃미남

시장에 간 아저씨가 돌아오는군

제일 먼저 대문 안으로 뛰는 멍멍이
저 까불이가 아저씨 다리에 얼굴 비비는 것 좀 봐
뒤뚱이 오리, 부끄럼 많은 송아지까지 반갑다고
나대네
아저씨는 저것들이 뭐가 좋다고 쓰다듬어 주는지

아주머니가 부엌문 열고 내다볼 때, 지지직
귀를 후비는 생선 맛나게 굽는 소리, 쩝쩝
근데 아저씨가 시장에서 사 온 건 뭘까
먹을 것? 장난감?
두 가지 다였으면 좋겠군

닭 두 녀석은 텃밭 쪽에서 야단을 떨다가
담장 위의 꽃미남을 발견하곤 흠칫 놀라네

그게 누구냐고?
그야 방랑 고양이, 바로 나지

그나저나 생선 굽는 소리며 냄새
아, 정말 미치겠네

아무리 바위라고 해도

호랑이 바위 근방의 다른 바위들은
몸을 잔뜩 웅크리고 있습니다

머리나 발을 함부로 내밀면 안 됩니다
누군가가 혹시라도
사슴 바위나 양 바위라는 이름이라도 붙인다면

어쨌든 겁나는 일

최소 수만 년을 기죽지 않고 살려면
최선을 다해 아무것도 안 닮은
그냥 바위여야 합니다

봄 새 학기

눈사람
펭귄
북극곰

애들은 다른 반으로 갔고

제비꽃
올챙이
나비

애들이 새로 우리 반으로 왔다

굽잇길

종종거리며 앞장서 가는 개는
잠시 멈췄다가
굽이를 도는 할머니 모습이 보이자
다시 길을 간다

어느 때는 되돌아가
할머니를 맞기도 한다

뒤에서
어기적어기적 걷는 할머니는
저런 녀석이라도 앞장서 주니 미덥고

짐승은 짐승대로
기운 없는 누구라도 뒤따라와 주니
고맙다

저녁에 언덕을 넘어오는 것들

멀리 언덕을
구물구물 넘어오는 것들

마을로 다가오면 보여요
염소들이에요
그게 좋아요

사납거나
징그러운 것 아닌
염소들이라서 좋아요

그것들을 따라
우리 마을로 살며시
하나도 안 무서운 저녁이 오지요

달도 따라서요

환하고 환한 것에 대한 무한 경외

유강희 • 시인

　　성명진 시인의 첫 시집 『그 순간』(문학들 2014)에 실려 있는 「알」은 그의 동시 세계를 이해하는 데 중요한 열쇠 시처럼 보인다. 시인이 그동안 펴낸 세 권의 동시집을 관통하는 씨(열매), 뿌리, 빛(불빛) 같은 근원적 이미지가 이 '알'로부터 비롯되었다고 보기 때문이다. 그러니까 이 '알'이 지닌 원형적 이미지는 그만의 독특한 작품 세계를 이루는 시적 원적지인 셈이다. 이로부터 그의 동심의 희구가 끊임없이 발현되고 있음은 물론이다.

어느
시골집 가서 보았다
한 노인이 닭을 잡아 속을 가르자
거기 있던
환하고 환한 것

그날부터 그렇다
살아있는 어떤 것들에게선
불빛이 비치는 거다

—「알」전문

　　우리는 이 시에서 '환하고 환한 것'에 주목할 필요가 있
다. 죽은 닭의 배를 갈랐는데, 거기 아직 살아 있는 "환한
것"이 있다고 한다. 동물의 사체라면 그곳엔 검붉고 악취
나는 '어둡고 어둔 것'이 있어야 일반적 상식이다. 그런데
그와 정반대로 죽어도 죽지 않고 간직되어 있는 것, 환한
것으로서의 '알'을 발견한다. 죽은 뒤에도 사라지지 않고
보존되어 있는 이것은 불멸 불사의 원초적 이미지로 시인
에게 깊은 인상을 남긴다.

그렇다. 번뜩하고 나타난 그것. 그러니까 2연의 "그날부터 그렇다"는 그러한 원체험이 있는 "그날"부터 이제는 굳이 사물 혹은 존재의 속을 가르지 않고 보아도 "어떤 것들" 속에서 "불빛"을 볼 수 있는 그만의 혜안을 터득했음을 암시한다.

이러한 점은 그의 첫 동시집 『축구부에 들고 싶다』(창비 2011)의 첫 번째 시에 씨종자처럼 고스란히 마련되고 있다.

붓꽃잎 자매는
올해도 옷을
말쑥하게 차려입고 나왔다.

저 아래엔
다정하고 부지런한
어머니가 계시나 보다.

—「뿌리」 전문

보이지 않는 땅속의 어머니까지 보아 내는 그의 투시력은 놀랍기만 하다. 시인은 여기서 멈추지 않고 송아지의 탄

생을 인상 깊게 그린 「불빛」에선 원거리에 자신을 이동시켜 이곳의 평범한 일상을 성화(聖化)시키는 신, 즉 어떤 초월적 힘을 가진 존재의 위치에 서기도 한다. 그 때문에 2연의 "불빛을 둘러싸고 있네요."가 3연에서 한 번 더 반복되어도 하나 이상하지가 않다. 그것은 신의 가호를 대신하는 성스러운 불빛이기에 가능한 것이다.

이 '환함'은 두 번째, 세 번째 동시집에서 양상은 다르지만 하나의 큰 줄기를 이루며 이어진다. "우리가 땅을 파보면/아무것도 없지만//나무는 기쁨들을 찾아내"거나(「꽃과 열매」) 흰둥이가 강아지를 낳는다고 "하늘에서 밤"이 오고 "별 몇이" 오게 된다(「어미」, 이상 『걱정 없다 상우』, 문학동네 2016).

"우리들이 가질 건 없어"도 "꽃 보자기 밑에서/천천히 둥그렇게/자라나"는 우리들 것을 본다(「호박」). 이러한 기다림에서 '환한 불빛'이 가진 속성이 잘 드러난다. 이 불빛은 귀한 것 중의 귀한 것, 그러므로 쉽게 얻어지는 게 아님을 대변한다. 지극한 마음이 아니면 결코 얻어질 수 없는 것이다. 씨 몇 알이 무슨 씨인지 궁금해하다가 결국 "이 문제는/봄에게/흙에게 물어보기로 했다"는 전언은 우리에게 자연의 기다림이야말로 큰 「공부」(이상 『오늘은 다 잘했다』, 창비 2019)임을 새삼 일깨워 준다.

그렇다. 분명 보았는데 보지 못한 게 우리 주변엔 얼마나 많은가. 그건 죽은 닭의 뱃속에서 발견한 알 같은 것이다. 그냥 '뜬눈'으로 보면 알도 죽은 닭이나 다름없다. 하지만 깊은 눈, 밝은 눈으로 보면 그 죽은 알에서 생명의 환한 불빛을 발견하게 된다.

이번 동시집 『밤 버스에 달이 타 있어』에선 지금까지 성명진 동시가 보여 준 '환하고 환한 것'에 대한 추구가 현실의 장 안에선 결코 녹록하지 않음을 보여 준다.

문득 마주친 노루
큰 눈망울에 나를 담았다

나는 눈망울 속에서
개울을 건너고
숲길을 걸었다

얼마 후 걸음을 멈춘 노루가

꽃을 눈에 담아
내가 그걸 기쁘게 받아 안을 때

탕!

별안간 날아든 총알에 맞아
쓰러진 노루
바들바들 떨면서
눈을 감았다

무서운 밖을 보지 말라고

—「그 눈망울」 전문

　이 순탄치 않음의 원인을 앞의 시 「알」에선 암시적으로
나마 칼에서 찾지만, 이 시에선 "총알"이 그 자리를 대신한
다. 총알이 대규모 인명 살상의 무기라는 점에서 좀 더 야
만적·현대적 문명을 표상하는 걸로 보인다.
　노루로 대변되는 자연지심(自然之心)과 '나'의 동심이
하나로 일치되는 장면을 보여 주는 게 바로 "큰 눈망울에

나를 담았다"라는 구절이다. 순수 자연의 "큰 눈망울" 속에서 나는 세상의 "꽃"을 비로소 "기쁘게 받아 안을" 수 있는 것이다. 총알에 맞아 죽어 가는 순간까지도 무서운 밖으로부터 이 환하고 환한 눈망울을, 야만의 세계로부터 동심의 세계를 지켜 내고자 하는 안간힘을 우리는 여기서 아프게 확인할 수 있다.

마을을 나와
들로 난 길을 걷네

누렁소 있네
살금살금 지나가네

아주머니 오네
비켜 가네

굽이진 곳 풀숲에 멈춰
바람이 살랑거리는 대로
살며시 서로 몸을 대는데

버럭 욕하는 소리
다짜고짜 막대기를 휘두르는 사람

"도망갈까?"
"아냐."

"짖을까?"
"그래 짖자."

──「개 둘」 전문

    이 시는 앞의 「그 눈망울」과는 조금 다른 각도에서 인간
의 위선을 폭로한다. 개가 "바람이 살랑거리는 대로" 하는
자연스러운 접촉을, 사람은 욕하는 것도 모자라 다짜고짜
막대기를 휘두른다. 마지막 6, 7연은 인간의 이중적(성적)
잣대를 개의 절박한 대화를 통해 여실히 보여 준다. 이는
결국 오늘을 살아가는 인간 자신을 겨눈 야유이자 풍자가
된다. 그런 점에서 제목이 '개 두 마리'가 아니고 「개 둘」인
점은 눈여겨볼 만한 대목이다.

깨끗하고 푹신한

새 이불 깔아 놓네

밭가의 어린 풀들 신났네

벌써 하나둘씩 뛰어 들어가네

──「아저씨가 밭을 갈 때」 전문

하지만 칼, 총알, 욕, 막대기의 무지막지한 방해와 억압에도 불구하고 자연과 동심은 언제나 새롭게 태어난다. 인간이 아무리 땅을 갈아엎고 훼손해도 어느새 새판을 깔고 마는 어린 풀들처럼 자연은 끝내 생명의 눈부신 잔치를 열고 마는 것이다.

그 자연과 동심에 대한 든든한 믿음이 이번 동시집의 견고한 바탕을 이룬다. 이러한 믿음은 자연스럽게 주변의 아이들에게로 이어진다. 이 무조건적 힘은 "위험한 데서/내 꽃은 더 예뻐진다네"의 용기가 되고(「담장 위」), "집 안으로 품고 간 꽃들은/창가에 두지 않는 게 좋겠어요"(「파꽃」) 하는 성숙한 배려로 나타난다. 그리고 어떤 꿈이든 포기하지 않는, "누가 넘어뜨리면/오히려 신이 나"는 강한 자립심을 낳고(「콜라 좋아」), "꽃은 꽃이고/우리는 우리랍니다"라고 (「잎사귀들」) 자신의 존재이자 본성을 당당히 선언하도록 이끈다.

　이 점은 스스로의 힘으로 이 세계를 헤쳐 나가리라는 고귀한 의지로 발전하기에 이른다.

　　나는
　　갓 생겨나 알 속에
　　웅크리고 있습니다

　　좀 더 자라면
　　스스로 나가려고
　　껍질을 얇게 지었습니다

　　밖에서 아무나
　　함부로 깨뜨리라고

그런 게 아닙니다

—「알」전문

　이 시는 앞의 시 「알」과는 같은 제목이지만 전혀 다른 양
상을 보여 준다. 앞의 「알」이 근원적이고 근본적인 환함의
현현에 집중했다면, 이 작품은 내 안에서의 근원적이고 근
본적인 환함을 밝혀내고자 하는 저항으로서의 동심을 보
여 준다. "함부로 깨뜨리라고" 껍질이 얇은 게 아니라, "스
스로 나가려고" 그렇게 얇게 지은 것이다. 그러니 그때까지
기다리고 지켜봐 달라는 무언의 항변이다.
　바로 이 부분이 그동안 성명진 동시에서 아쉬웠던 점이
다. 어린이 현실을 둘러싼 갈등·불안·고민·충동의 요소들
을 시의 자장 안으로 좀 더 폭넓게 흡수하고 재조정하는 과
정에서 그의 동심 언어는 더욱 생기로워지리라 믿는다.
　시인은 이렇게 파괴되고 훼손된 '환하고 환한 것'을 이
제 스스로 복원하고 회복하고자 한다. 그러기 위해선 막대
기와 나비의 "둘이 나누는 이야기"를 오래 들어야 하고(「막
대기」), 「아직 꺼지지 않은 불빛」을 주의 깊게 살필 줄 알아
야 한다. 혹은 「산 메아리」가 되어 "무시무시한 제 소리를"

108

흩트려 없애는 일에도 기꺼이 동참해야 한다. 그 때문에 시인의 발언은 "칼이 둥그런 세상을 가르는" 걸 막기 위해(「수박 속」), "쉿/총을 거두세요//저 아이/진창에 쓰러뜨리지 마세요"라고(「가느다란 발」) 기도하듯 간절할 수밖에 없다.

그리고 거기에 반하는 모든 반자연적, 반동심적인 것들을 향해 엄중히 경고한다. 그것은 "어두워지려다/잠시 환해진 저녁 세상"(「노을 길」)을 지키기 위함이다. 그러기에 시인은 우리 앞에 그가 염원하는 정겹고 아늑한 세계의 풍경을 한 폭의 아름다운 성화(聖畫)처럼 제시한다.

멀리 언덕을
구물구물 넘어오는 것들

마을로 다가오면 그것들
염소들이에요
그게 좋아요

사납거나
징그러운 것 아닌

염소들이라서 좋아요

그것들을 따라
우리 마을로 살며시
하나도 안 무서운 저녁이 오지요

달도 따라서요

——「저녁에 언덕을 넘어오는 것들」 전문

　이 시는 그가 바라는 환하고 환한 평화로운 세계를 대체한 일상의 한 풍경이다. 그럼에도 이 흔한 일상의 장면이 범상치 않게 다가오는 건 바로 "하나도 안 무서운 저녁"이란 구절 때문이다. 우리 삶, 현실의 민낯은 하루하루가 불안과 공포의 연속인지도 모른다. 이 지극히 평범한 일상의 풍경이 역설적으로 우리에게 감동을 주는 건 그 때문이리라. 에드바르 뭉크가 말한 '일상의 성스러움'에 대응되는 그의 '환하고 환한 것'에 대한 끝없는 추구는 이처럼 그의 동시를 지탱하는 든든한 바탕이 된다.
　이번 동시집은 이전의 시집보다 더욱 간결하고 단순해

졌다. 그러면서도 그는 때로 '환한 불빛'을 가로막는 것들 앞에선, 분노의 결연한 눈망울로 맞서는 모습을 보여 준다. 동심의 근원에서 성심을 다해 길어 올린 그의 동시는 동심의 수혈이 필요한 곳을 잘 짚어 주는 처방전의 역할을 다할 뿐만 아니라, 우리가 맞이해야 할 동심의 세계를 우리 일상에서 포착, 그것의 깊은 감화를 맛보게 한다. 그런 의미에서 『밤 버스에 달이 타 있어』는 성명진 시인이 그동안 견지해 온 "누구도 넘볼 수 없"고 "영원히 예약"되어 있는 것으로서 축복이자 기원의 의미를 띤다고 말할 수 있다(「자리」).

시인의 말

이 동시집에 꽃 이야기가 많군요. 고라니, 강아지, 나비.
이런 약한 생명들도 있고요. 제가 이들을 좋아하긴 하죠.
이들은 폭력을 미워하고 화목을 좋아하는 저의 편이에요.

우리가 사는 세계에 대한 진심을 전해 주고 싶었어요. 슬
픈 동시가 있을 거예요. 슬픈 동시도 괜찮지 않을까요? 슬
픔도 감동의 영역이라고 생각해요. 게다가 어느 땐 슬픔도
위로가 될 수 있다고 믿어요.

하지만 슬픔에 빠지는 건 좋지 않아요. 슬픈 마음이 있다
면 어서 걷히기를 소망합니다. 약속할게요. 다음엔 더 재미

있고 활기찬 동시를 드릴게요. 저도 저의 동심과 만나 즐겁게 놀아 보고 싶어요. 앞으로도 동시와 더불어 희망찬 이야기를 하고 노래를 부르면 좋겠습니다.

저는 사실 아직도 동시가 무엇인지를 잘 몰라요. 가끔 동시가 찾아오면 붙들어 놓는 일을 해요. 그런 다음에 가꾸어 내죠. 고라니가 쓰고, 나비가 쓰고, 꽃이 쓰면 제가 거든다고 해야 더 정확할지도 모르겠군요. 그러고 보니 참 신기하고 즐거운 일을 하는 것 같아요. 분명한 사실은 제가 동시를 아주 좋아한다는 거예요.

저는 매우 내성적인 사람이에요. 열 명이 줄을 서 있다면 다섯 번째나 여섯 번째 사람이 저예요. 고개를 좀 수그리고 있거나 다른 데를 보고 있다면 그게 저일 것입니다. 자신감이 부족하고 존재감이 약한 제가 동시를 쓸 땐 즐거워지고 세상에 또렷이 드러나는 기분이 들어요. 그러니까 동시 쓰는 일을 앞으로도 계속하고 싶어요.

동시집을 내게 되어 기쁩니다. 이 책을 정성껏 만들어 주신 창비 어린이출판부 선생님들과 그림을 그려주신 핸쩡 선생님, 해설을 써 주신 유강희 선생님께 특별히 고마운 마음을 드리고 싶어요.

2025년 봄을 앞두고

성명진

밤 버스에 달이 타 있어

2025년 2월 17일 초판 1쇄 발행

지은이	성명진
그린이	핸짱

펴낸이	염종선
책임편집	박경완
디자인	이주원
조판	박아경
펴낸곳	(주)창비
등록	1986. 8. 5. 제85호
제조국	대한민국
주소	10881 경기도 파주시 회동길 184
전화	031-955-3333
팩스	031-955-3399(영업) 031-955-3400(편집)
홈페이지	www.changbi.com
전자우편	enfant@changbi.com

ⓒ 성명진, 핸짱 2025
ISBN 978-89-364-4887-5 73810